童年往事

語雨、765334 合著

天空數位圖書出版

目錄　　　語雨

只好送給廟公的惡魔兄妹　　07

大廟與孩子王　　11

歷史一刻的紅白機　　15

那年沉迷的任天堂　　19

閃閃發亮的一年級新生　　23

一年級新生的小圈圈　　27

夏日其中一幕光景　　31

那想要它消失的記憶　　35

目錄　　　　語雨

見證學弟們體驗社會的
不公義和殘酷　　　　　39

山猴與遊樂園　　　　　43

當時的我忿忿地起舞　　47

哭鬧總是為了紅包　　　51

關於過年的紅包被收走這件事　55

春節的結束和恐懼的開始　59

低年級的最後學期　　　63

目錄

765334

回家作業	67
一百元	73
農會	79
蔥燒牛肉麵	85
桂花樹	91
小黃	97
蚊香	103

目錄 765334

農作	109
油雞腿飯	115
花生麻糬	119
紅毛仔	123
速可達	127
土窯雞	131
鱔魚麵	135
指甲油	141

只好送給廟公的
惡魔兄妹

文：語雨

　　在上小學前因為家裡太貧窮了，根本沒錢可以進幼稚園，我和妹妹只有每天在家裡滾來滾去，或許很悠哉，不過大人可辛苦了，我和妹妹又屬於特別調皮的那種……

　　因此，必須有人在我雙親上班時帶孩子，不知為何，每次托給鄰居照顧後都是第二天就告知不想要帶了……

　　嗯，是妹妹惹禍，雖然感覺妹妹也會這麼說，不過絕對有八成是疲於應付妹妹才對，剩下兩成是天氣因素。

　　對於再也找不到受害者來帶孩子，爸媽相當無奈，日子一天接著一天過，某天老爸歡天喜地的進門，原來終於又找到免費的（受害）場所帶小孩了。

　　當下老爸後面背兩個小孩，就騎著大野狼機車，父子女三貼騎出去。

　　騎了約半小時，來到了目的地，當我看見老爸停在那棟建築物時，忍不住鼠軀一震。

　　眼前是一座大廟宇，曾經在電影看過，廟宇都

是收容孤兒的場所，而養不起孩子的窮苦人家也會將小孩送進去。

這下子完蛋了！因為我們兄妹太過調皮，老爸終於忍受不住，要拿去丟掉了……

「哇哇，好大間的廟。」

天真無邪的妹妹一下子就往廟宇衝過去，撞到高高的門檻撲倒在地上大哭，嚇得廟內的人士大驚失色，趕忙過去扶起來。

老妹，我們快被丟掉了，妳怎麼還這麼歡樂啊？

「好啦，爸爸要去上班了，下班後再來接你們。」

我明白了，你是永遠不會來接我了，於是，每當黃昏之時，我就會以夕陽為背景，站在廟口等待永遠不會歸來的父親，一面淚水靜靜流過臉頰。

不過在多年後，當我功成名就之時，這名男人就會冒出來父子相認。

電視都嘛這麼演的。

　　驚濤駭浪的人生就要開始了，從今天起我就是主角啦！

　　聽完我的演說後，老爸露出憐憫眼神，拍拍我的頭，一語不發，騎著大野狼機車離去了。

　　這位大叔⋯⋯你好歹說句話啊⋯⋯

　　後來才得知，這間廟的廟公以幾乎免費代價，收容一些沒錢請保母或上托兒所的學齡前兒童，算是好心人，不過收容後就丟給老婆照顧，他頂多只是陪孩子玩而已，像是換尿布或清理嘔吐物之類一概沒看過他處理，也不知道他們有沒有保母執照，反正那年代總是隨隨便便的。

　　說是收容，理所當然廟內就有一大堆孩子，我們兄妹總是被欺負到哭，或是把別人欺負到哭，或是一起把廟公夫妻弄哭，算是我和妹妹在上小學之前的美好回憶。

大廟與孩子王

文：語雨

童年往事

在上小學前，家裡太過貧窮，實在沒錢上幼稚園，所以父母就將我們兄妹倆寄託在一間廟宇內，由廟公夫婦來帶小孩，這間廟除了我們兄妹以外，還有十幾個各鄉里來的孩子，年紀從一歲到六歲都有，反正都是上小學之前的小鬼。

這間廟宇十分大，一進門就可以看見兩米高的玄天上帝，旁邊還有十多位菩薩和神仙，雖然多半都不認識，但是我們兄妹一進來還是雙手合十先拜拜。

「喂，新來的，你們剛剛來這裡，教你們規矩，這裡規矩是新來的要來拜碼頭，先把口袋東西全翻出來再講其他的。」

當我們兄妹拜完後，迎面而來是兩位比較高壯的孩子，曬得黑黑的，一開口就是要人拜碼頭，不愧是台南長大的，態度和口氣就是純正的台客味。

「哥哥……」

妹妹抓起我袖子的衣角，有點畏縮看著對方，這時妹妹還是會坦率地呼喚哥哥的好孩子，多年後

則是會變成把腳擱在我背上，直接叫哥哥名字的囂張女人，筆者打字打到這裡，不由得淚如雨下……

離題了，這兩個孩子大概看電視看太多了，一來口中就是拜碼頭和地方規矩，眼見其他小孩遠遠的看著我，初來乍到一旦被看不起就完了，以後就會被耍著玩。

「您北攔系規記啦！」

一拳就往最高的孩子鼻子貓下去，對方哀叫一聲，仰頭往後倒，另一名小孩沒想到我說動手就動手，愣在原地，我抬腳往跨下踢，把第二名孩子也給 KO 了。

哈哈，這間廟宇的孩子王王座今後就是歸本人所有！

就在我擺出勝利姿勢時，被我貓鼻子的孩子王跳起來一拳打過來，我也不服輸的還拳回去，兩人扭打在一起，妹妹在旁邊大哭，廟公聽到哭聲走出來，才把兩人分開。

　　大廟後面是很寬闊的後院，場地非常大，玩一二三木頭人、跳格子或是捉鬼都綽綽有餘，也有許多童玩如陀螺、高蹺和單輪車等。

　　因為跟孩子王打架不分勝負就用遊戲來較勁，兩個五歲兒童踩著高蹺來互踢，孩子王的平衡感一流，踩著高蹺居然可以敏捷的走跳，我慘敗在他手上，等到老爸來接人後，我們已經是玩在一起的關係，小孩子就是這麼單純。

　　在這間大廟待了快一年半，總算輪到我升小學了，在離開之前，孩子王跟我道別，還送了我他很珍惜的強力陀螺，不過我的緣分也跟他這麼斷了。

　　出社會後，我曾經數次尋找那間大廟，也問過父母，不過事隔數十年，大家都記不出確實的地點，就這樣，那間大廟就塵封在我記憶的深處。

歷史一刻的紅白機

文：語雨

童年往事

　　在我四、五歲還沒上小學之前，家裡是非常貧窮的，爺爺生意失敗欠下大筆債務，我在上小學之前，賺得錢幾乎都是用來還債，窮到一個月能吃一次肉還算好的了，因此，當時流行給小孩子玩的機器人模型和遙控汽車，或是不能換卡帶的雜魚牌掌機，想都別想。

　　我們家唯一娛樂用品是純手工雕刻的將棋和破爛撲克牌，將棋是純手工刻，玩久了就可以從背後木紋認出到底是哪隻棋，後來上小學後帶到學校去，與同學對戰暗棋簡直所向無敵。撲克牌也是一樣，從折損和污痕可以得知對方牌組，因為一目了然，玩起來一點樂趣都沒有。

　　就在我只能和妹妹玩這些無趣撲克和將棋時，鄰居父母竟然買給她小孩一台任天堂紅白機。

　　紅白機是什麼？

　　據說是電視遊樂器，可以接到電視上，用大畫面來玩遊戲。

　　原來電視除了用來看重播的電影和新聞還可以用來玩電動喔？

那時電視還是映像管，體積大得很，畫面有十七吋已經算是了不起，即使如此，還是比只有黑白畫面的俄羅斯方塊掌機好多了。

這是響徹街坊小孩的大新聞，當天開箱，那條街的所有小孩全集中在他家，就是要親眼目睹這新潮的玩意。

喔喔，手柄和主機是分開的，而且竟然有兩個，表示可以兩個人一起打，主機中間有個凹槽，竟然可以換卡帶，真是高科器，卡帶封面是一名水管工大叔，這是來修水管的遊戲嗎？

等到眾人欣賞夠了，鄰居孩子就請他老爸將AV 端子插上電視，將電源線和卡帶插好，然後打開電視了。

「各位，歷史的時刻終於要來了！」

鄰居孩子裝模作樣又鄭重其事將手放在紅白機的開關上，啪地往上扳，瞬間，電視有閃過畫面，一下子又變成黑白雪花了，接著紅白機傳出了燒焦味……

童年往事

　　那家長趕忙衝上前把電源開關拔下來，鄰居孩子明白主機燒壞時忍不住大哭，哭聲開始傳染，屋內充斥著一群學齡前兒童大哭聲，跟地獄沒兩樣⋯⋯

　　後來才知道，那台紅白機是鄰居爸爸從日本直接買回來的，而日本的插座電壓跟台灣不一樣，一開啟主機自然就爆炸了⋯⋯

　　紅白機整個燒壞了，連修都不能修，後來鄰居孩子的父親又跑了趟日本，這次又買了變壓器才解決問題。

　　之後，孩子們為了爭奪 2P 手柄展開毫無仁義的爭奪戰，那又是另外一個故事了。

那年沉迷的任天堂

文：語雨

童年往事

　　鄰居家的小孩是好野人，他老爸是某工廠的老闆，據說在國外好幾地都有設廠，他們家一年可以出國好幾次，有時候也會從國外帶一些土產，某次就從日本帶回來當時最夯的電視遊樂器——任天堂紅白機。

　　整條巷子上就他家有電視遊樂器，巷子內的小孩羨慕得要命，在放學後，他家總是聚著一大堆小孩，因為交情還不錯的緣故，所以我總能夠多點機會玩到遊戲，雖然旁邊小孩忌妒的目光相當刺眼就是了。

　　身為當年最火紅的遊戲機，自然有許多遊戲廠商在這平台上投資，讓我們可以玩到無數好玩的遊戲，當年玩遍瑪莉歐系列、冒險島系列和熱血系列等，還比賽看誰可以一條命通關魂斗羅，在這台主機上鍛鍊了許多技巧，可以說是在童年之中占了重要的一席之地。

　　那時代並沒有網路，要找攻略和密技就只能書局找電玩雜誌了，記得當年有不少電玩期刊出版，進書店腳步就自動走到書櫃，去尋找有沒有最新出版的電玩雜誌，一站就是看了老半天，看多了白書，

書店老闆臉色會越來越猙獰，只好掏出少少的零用錢買下去，不過那些電玩期刊就在某次資源回收車來到巷子時，被親愛的老媽一本不留丟到車上，一去不復返，為此我失落了很久。

那些電玩雜誌當初這麼入迷閱讀，熱衷的在電玩上反覆測試，成功了當然很興奮，失敗也頂多被嘲笑一番，無論如何都很有樂趣，但是現在只記得快樂回憶，當年記得滾瓜爛熟，現在反而連書名都想不起來了⋯⋯

在紅白機反覆遊玩許久，絲毫不嫌膩的當下，任天堂又出了更加知名的黑白掌機——GAME BOY，我家經濟好轉後，老爸終於捧了一台回家，除了老媽以外，老爸和妹子全搶著玩，電池也換了好幾打，跟其他同學交換卡帶玩，我最喜歡的壞瑪莉歐不知通關多少次，日也玩夜也玩，老媽一氣之下又把掌機沒收了，讓我哀號了好一陣子。

之後，鄰居小孩拿著雜誌跑過來告知，任天堂又要推出新主機了，任天堂紅白機的下一代叫做超級任天堂，他要拜託父親買，既然叫做超級任天堂，在他老爸買回來前，我們飯不思茶不飲，就是一心

期待這台主機到底有多超級，連作夢都在想著，真是完全學不會教訓。

閃閃發亮的一年級新生

文：語雨

童年往事

　　在上小學之前，我家就是窮到被鬼抓走的程度，不過多虧老爸的努力，升上小學前欠債終於還清了，不用再經歷因為晚餐有雞鴨魚就歡呼的日子，以後天天有肉可以吃。

　　上小學那天，我穿著嶄新的制服和鞋子，意氣風發從老爸的破舊大野狼走下來，手插腰，正視著接下來要就讀的小學，這是財富、名聲和勢力的偉大之地，想要的話就去尋找，世界的一切都放在這裡，現在是大小學時代！

　　可是，現實並沒有這一回事……

　　其實我根本不知道上小學是什麼意思，因為本人連幼稚園都沒有上過，只有在兒時被寄在某間可疑的大廟，跟著幾名孩子玩耍而已。

　　一群小蘿蔔頭待在教室，基本上大家跟動物沒什麼兩樣，很吵鬧，很沒禮貌，不時還會尖叫，從來沒有看過這麼多同齡孩子，大家都很興奮，嘰嘰喳喳不停，老師連喊了幾聲安靜都沒用，然後，啪地一聲，只見老師手中出現了藤鞭，打了講台一下，發出好大的聲響，接著講話最大聲的孩子就被叫起

來打手心。

那時學校體罰是理所當然的，聽說還有家長會拜託老師用力打，所以老師打起來根本沒在客氣的，平時在家裡就會挨揍的孩子幾乎反射性停止吵鬧，因為知道開始大哭的話，大人就會多來幾下，而被當作心肝寶貝、捨不得打的孩子就比較慘，被老師來回抽了好幾下才抽抽噎噎的停止哭泣。

就這樣，我們上學學到第一件就是沒聽話就會被打，這就是學齡孩童第一次遭遇社會主義鐵拳毆打的一瞬間。

我們班上的導師是個男性，有點禿頭，講話很大聲，長相很兇，只要戴上墨鏡，就算說是黑道角頭大概也有人會相信吧。

殺死了幾隻雞，震攝了猴子般的一年級新生，班導將腳放在桌上，將藤條扛在後面，大刺刺的坐在教室辦公桌前，開口說話。

這人為什麼一舉一動都這麼台客？

究竟為什麼學校會安排這個黑道角頭做一年級

童年往事

新生班導？

真是個謎團啊……

班導講完這裡是學校，以後大家是同學，要好好相處之類的話後，接著要班上同學自我介紹，不過全班已經被班導一番震撼教育弄得都是面如死灰了，明明是閃閃發亮的一年級生，回想起來，那場面也真是厲害。

關於班導是流氓這件事，以後有機會再詳盡細說……

一年級新生的小圈圈

文：語雨

童年往事

　　從幼稚園畢業,成為閃閃發亮的小學一年級生,不過剛入學,便接受社會鐵拳的衝擊,班導長得像是黑●會角頭,同學都是又吵又鬧的小蘿蔔頭,第一次班會就是震撼教育。

　　說實話,同班同學跟山猴沒兩樣,下課就開始嘰嘰亂叫,到處找人打架和問候,一年級生重要的是腕力,會意識到對方是小帥哥或美少女則是要等到二年級下學期,這時女生們就顯得很強勢,因為她們比男生發育還要快,同為一年級生,當然是體格大比較有力,在一年級時,我還曾經看過一打三的現場,只見一個女生把三個男生揍到趴下,獲得完全勝利,這幕光景造成我心靈不少的創傷,內心刻下絕對不可以反抗恰北北女生的鐵則。

　　當時班上分成好幾個男女小圈圈,也不是說小圈圈之間彼此敵視,不過每當發生爭執時人數就是重點了,小學生就知道多數人的暴力,這都多虧學校的教育。

　　想要在學校生活愉快,我也加入其中一個小圈圈,不過加入後,我才發現老大卻是個小蠢蛋,口頭禪是「這種小事還來問我,你不會自己決定嗎?」、

「誰叫你擅自決定的，不會來問我膩？」、「這是我的問題嗎？你快想辦法！」

這三段口頭禪攻擊幾乎都是連續使用，毫無死角，這孩子十分有潛力當黑心企業的主管，可以快速造就出許多厭世員工。

這小圈圈問題繁多，加上老大開始迷上掀裙子，還叫夥伴一起去掀，說這樣可以增加掀裙子的羈絆，雖然小學一年級生人多數都很白痴，但他是其中的男波萬。

在事情變得不妙之前，我先退出圈圈，加入另外一個小團體，如我所料，那位老大的小圈圈開始被女生們集中攻擊，很快就垮掉了，雖然自取滅亡的成份比較多一點。

接下來有一段時間，舊老大和幾名夥伴變得十分孤立，變成全女生公敵，看得我也心疼，沒辦法啊……

至於我下一個加入的團體比較和平，下課後就以電玩和卡通等話題為中心聊著，也不會去招惹其他的小圈圈，為長大後的宅宅之道鋪路，真是令人

心靈平靜，原來我是來避難的，不過也樂於這份平靜。

　　後來，說起鄰居家有一台任天堂，我每天都去玩時，他們吵著要跟過來，最後引發了七日戰爭這件事，等到有空時再來說說吧。

夏日其中一幕光景

文：語雨

童年往事

　　升上小二的那一年，鄰居小孩阿炳的遊戲主機從任天堂進化成超級任天堂，而孫悟空單槍匹馬將紅緞帶軍團消滅，英國那邊戴安娜王妃和王子離婚，台灣這邊ㄚ輝伯當選第一任台灣民選總統，接著暑假結束了，蟬叫聲依舊吵著要死，學生們在教室啃甘蔗，熱得把襪子隨便亂丟，女生眼神充斥著輕蔑，不過我想是因為她們無法像是男生隨心所欲，所以感到羨慕。

　　那年教室的電風扇只有兩把，班上的小胖子汗水浸濕整件衣服，看起來滿噁心地，他似乎忍耐不住了，朝著老師大吼：

　　「我們去玩水吧，老師帶我們去溪邊玩。」

　　雖然導師是長相有如流氓般的男人，對於搗蛋的學生會毫不留情施以鐵拳制裁，不過其實耳根子很軟，揍了兩、三個不斷熊叫的學生後就決定帶全班出校門了。

　　由於暑假剛剛結束，課程進度什麼都毫無壓力，可是國小老師可以不通知校方就把整個班級的學生帶到外面嗎？

就是可以！就是這麼霸氣！

只要不出事，那個時代的老師怎麼管班級，校方才懶得去理會。

從國小走到附近的溪邊，大約要走一個小時，在烈陽下柏油路被烤得有點軟，直接走上去的話會被燒焦，幸好沿途有兩排大樹，我們盡量走在樹陰處，只要膽敢擅離隊伍，班導的鐵拳就會降落到頭頂上。

沿途中一起唱起流行歌曲，被路人老婆婆投以溫馨的目光，走著走著，終於到了國小附近山區的小溪邊。

那是條很淺的小溪，大約只有淹到半隻小腿，反射著烈陽的溪水非常耀目，可以看清溪底還有魚兒在游動，赤腳的小學生踏著溪水水花四濺，瘋狂的互相潑水，光在旁邊看就暑氣盡消。

班上小胖子已經將上衣脫掉了，和我一樣，對於上演的水戰並不感興趣，我們一起合作將魚兒趕到岸邊，小胖子眼睛圓睜，手揮個兩三次，兩三條魚就這樣被拍到岸上，次次都不落空。

　　是熊嗎！這家火竟然掌握了跟黑熊技能沒兩樣的捕魚方式。

　　「老師，借個打火機。」

　　「要先一條給老師吃喔。」

　　熟練的弄出火堆，連內臟和魚鱗都沒有去，就直接插著樹枝烤了，那傢伙還隨身攜帶鹽巴罐，完全就是衝著要打牙祭的念頭過來。

　　在溪水旁玩瘋的小學生，吃著烤魚的班導，自帶野外求生技能的小胖，這就是我們班夏日的一幕光景。

那想要它消失的記憶

文：語雨

童年往事

「下個月四號是運動會，今天回家記得要把發下去的同意書給家長看，記得要簽名蓋章。」

班會時導仔當著所有同學的面前這樣宣布。

學校運動會都是在下學期的秋季舉辦，一年級已經經歷過一遍了，不過……

「有誰記得去年運動會？」

下課後問了恰吉和小胖，兩人思考了一會兒，一起搖搖頭，明明知道秋天會舉辦運動會，但是不知為何大家參加運動會的記憶都消失了。

放學回家後，將同意書交給老爸，老爸當下就露出吃了苦藥的表情，不過還是勾選了參加的同意欄，一語不發的遞還給我。

隔天去上學時，跟朋友聊天聊到這件事，原來大家的爸媽都是一樣臉色，我不禁害怕開口問去年發生什麼事了。

導仔拍拍手，大聲說：「好了，雖然去年練得很辛苦，不過差不多都忘光了吧，複習年級舞了，小

鬼們全看過來。」

從教室角落拖了一台電視，導仔將錄影帶塞入錄影機，電視畫面出現一群跟我們年紀差不多的小朋友在操場擺 POSE，音樂一響起，某個可疑的男聲高歌，緊接著小朋友雙手比 YA，開始模仿螃蟹橫著走，接著又模仿大象甩鼻子……

啊啊啊啊啊，我想起來了！

學校運動會低年級要負責跳開場舞，而開場舞曲是一首描述與動物做朋友的歌，歌詞一共有十八種動物，每當唱到某動物時就必須模仿那種動物的形象，被學生們稱為「耍猴之歌」。

舞蹈動作大概是校長本人編的，每一種都醜爆了！

槽點太多了，跟大象做朋友就算了，要怎麼跟螃蟹做朋友！？

校方還要來參加的家長一起跳，到時被拍照和錄影，放到學校的宣傳網站！

童年往事

　　或許覺得家長和一年級生跳舞很可愛，但是對老爸老媽和學生來說就是一種折磨。

　　因為太丟臉了，大家跳完後就刪除記憶，裝作沒有運動會這一回事，然而，現在記憶復甦了，教室變成地獄，各式各樣的慘叫聲彼起彼落，有人抱頭在地板滾來滾去，有人用黯淡的眼神喃喃自語。

　　「大家看起來都很高興，從現在開始，每天最後一節課都要到操場練舞。」

　　導仔眼鏡大概是裂了，才會睜眼說瞎話，大家不禁大聲抗議起來。

　　「導仔你這豬頭！」「你是惡魔嗎！」「我們不要再跳那種丟臉的舞了。」「我們去向校長抗議！」

　　當然，導仔既不是豬頭也不是惡魔，而是貨真價實的流氓，用鐵拳制裁兩、三位叫得最大聲的學生，輕而易舉壓制抗議的聲浪。

　　就這樣，放學前的練舞開始了，至於發生什麼事情，就留到下回再說吧。

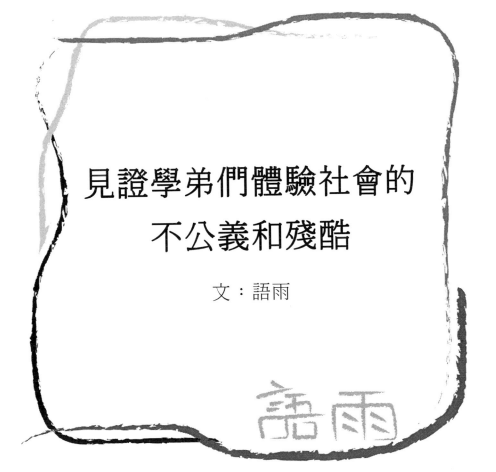

見證學弟們體驗社會的
不公義和殘酷

文：語雨

童年往事

秋天，秋高氣爽的季節，學校總在這時舉辦運動會，在運動會開幕典禮上會由低年級跳一段開幕舞，看著低年級生整齊劃一在操場跳開，來賓就會覺得學生在歡迎自己，好天真好可愛……

雖然這只是校方單方面的想法，不過其實也算是很正常，可以增加對學校的形象。

問題是……歌詞內容是與十八種動物作朋友，低年級生要一面跳舞還要模仿十八種動物形象，實在醜爆了，強烈懷疑舞曲選定和舞步編排都是校長親力親為的結果，更糟糕的是，這俗斃的舞蹈還要低年級家長一起同樂，在運動會的開幕典禮看見在操場上，大人和小孩囧著一張臉，模仿著種動物、跳著醜爆的舞步，就像被戲耍的猴子在全校師生和來賓面前跳著，名副其實的耍猴歌。

因為實在太過難堪了，等到運動會過後，我們班集體失憶，將曾經耍猴的光景丟到記憶深處，假裝從來沒有這回事。

歷經寒暑，時間又再次來到秋天，惡夢用社會主義鐵拳敲醒大家，全班陷入阿鼻叫喚的地獄了。

「蹺課試試看，害我年終考績被扣的話，你們就知道什麼是難過日子。」

不愧是流氓導仔，竟然語帶威脅……

不論是怨歎還是悲傷，練習已經敲定了，就像導仔說的一樣，我們沒反抗的權利，只能乖乖在最後一節課在操場上集合。

由於一年級站在司令台正前方，二年級站在後方，學弟們表情看得很清楚，一臉不知道發生什麼事的神色。

幾名指導老師站在司令台面前講解，接著播放音樂開始示範，老實講在後面看大人跳，羞恥度更加暴增。

等到他們跳完之後，一年級生都是一副「老師們到底在幹三小」的奇怪表情，等到宣布大家也要一起跳時，他們面容不禁露出驚嚇和絕望。

緊接著，音樂聲響起了，一年級生也跟著音樂開始跳了，大家扭扭捏捏放不開手腳，不過二年級生要站在後面，當然是為了監視和糾正他們。

童年往事

「給我跳啊，你們這群小屁孩，給我見識社會的醜陋與不講理！」

我懂，我非常懂你們的心情，不過懂歸懂，一年級我們羞恥過了，沒道理輪到你們上場時就不用被荼毒。

就這樣，新一輪的地獄輪迴了，社會主義的鐵拳才正要開始……

山猴與遊樂園

文：語雨

童年往事

秋季運動會結束了，一想到明年再也不用跳智障開幕舞就高興得手足舞蹈，此時洛克人最新一代已經在超任上推出了，我們為了世界和平，阻止西格碼的野心，日夜不停的奮戰，就在大家連對付西格碼的部下也陷入苦戰時，學校宣布要舉辦遠足了。

遠足是什麼？聽起來很多汁，可以吃嗎？

導仔的解釋就是在野外踏青，享受森林浴，沐浴在大自然的恩惠中，大家聽了一陣鼓譟，一年級時不論身心智商都跟山猴差不多，到處吱吱亂叫，帶出去保證一秒丟掉，不過經過一年的調……管教，新生由山猴變成管教後的猴子，應該可以帶出去溜搭，這點是可以理解的。

但是，鄉下的野猴子哪一天不是滿山遍野亂跑？

我們要去不一樣的地方，要見識不同的風景！

調查師生的意願後，校方就改到台南●●遊樂園，宣布時全班歡聲雷動。

那麼沐浴在自然恩惠這件事呢？

反正平時已經洗得夠多了，一天不洗也不會怎麼樣，我們要去遊樂園玩啦！

回家要父母在同意書上蓋章，在班會討論一起分組，心心念念等待遠足那天到來，考完月考後的隔天，許多巴士陸續開進校園，依照分組上了巴士，一路唱歌吃零食，聽導仔講冷笑話，巴士內十分熱鬧。

好不容易到達遊樂園停車場，等到巴士一停有幾個學生心急，已經要衝下車子，導仔不愧是專業的，守在車門，鐵拳數記，一人一發，絕不落空，看見前方有雞挨宰，後面的猴子群自然瑟瑟發抖乖乖聽話，這就是殺雞儆猴。

幾個班級集合在大門前，宣導注意事項後，老師們帶隊先去生物自然區體驗一下騎馬和看海豚表演，還要去美術館假裝欣賞藝術。

不是這樣，遊樂園才不是這樣！我們要去坐雲霄飛車，要在碰碰車上面輾爆隔壁班的同學，玩大怒神時挑戰一下信仰之躍。

當好不容易自由活動時，大家一下恢復成野猴

本性，一面吱吱叫一面衝出去，開著碰碰車到處亂撞，同時也知道了海盜船沒海盜，鬼屋的鬼連鬼樣都沒有，毆打吉祥物會被工作人員德式背摔等。

之後，發現遊戲廳，男生們一股腦全湧進去，在遊樂園的迷人遊樂器材面前，仍然比不過街機遊戲，這就是男孩子。

那一天我們心滿意足的回家，上學期最後一個活動結束了，接下來進入波濤洶湧的二年級下學期。

當時的我忿忿地起舞

文：語雨

童年往事

秋天，涼爽的季節，學校會在這時候舉辦運動會，低年級生必須跳一首畸形的開幕舞，這首開幕舞令人尷尬又羞恥，而且還要家長一起跳，無奈是校長不知道是品味太差，對於不受師生家長好評這件事根本沒感覺，每年都要舉行一次……

在運動會前的每天放學後，低年級生都要留下來練舞，每當指導老師按下錄音機開關，就是一場折磨的開始，低年級生就像猴子跳上跳下，模仿著各式各樣的生物，被路過的學長指著鼻子哈哈大笑。

可惡，得到解脫了這樣嘲笑我們，給我記住！

不過人是會習慣的生物，經過半個月後，聽到舞曲時我們已經可以面無表情的放空心思，反射性的跟著老師擺動四肢，只是聽見指導老師大聲說笑容多一點時要忍住不砸舌吐口水辛苦了一點，順便一提，那些一年級學弟們各個都是死魚眼，機械人都跳得比他們好。

不論是哭是笑，很快的來到運動會前一天，那天是禮拜日，那時還沒有周休二日，在禮拜六辛苦上班的隔天不能休息，還要開車載著小鬼來參加運

動會，大叔們各個都是面無人色，坐在帳篷內就直接打瞌睡的也有，在此為辛苦的爸爸們獻上掌聲。

開幕典禮開始了，全校一班接著一班，由班長舉著旗子帶領班級走進操場，校樂隊在全校站定位開始吹奏國歌，唱完後，中高年級退場，留下了低年級生，校長開始演講，說低年級生為了歡迎來賓練習開幕舞，訓導主任接著講說讓父母一起跳舞一起同樂。

一年級家長還不知道發生什麼事，說說笑笑進場，二年級家長因為去年跳過，所以進場時腳步蹣跚，臉色都很難看。

我忽然覺得很生氣，低年級生都覺得來賓怎麼樣都好，這麼畸形的舞蹈父母要同樂也難，學校為了面子睜眼說瞎話，讓大家跳這麼智障的舞步來討好來賓，那些立委、議員什麼大人物看了高興得起來才怪。

這件事大家都心知肚明吧，所以到底在搞什麼鬼？

後來出了社會才知道，這種事根本屢見不鮮，

大家都在演一齣大戲，明知道沒人在乎也沒人高興，可是還是得演下去。

這齣戲名為人生啊……

當時的我並不知道，只是忿忿不平，看了老媽走過來，隨著音樂從音箱響起，我和老媽在操場最後一次忿忿地起舞。

哭鬧總是為了紅包

文：語雨

童年往事

　　過年大人不會開罵，熬夜瘋玩都是樂事，不過比起心心念念的紅包來說，這些根本是毫米大小的小確幸，年前電視就會開始配合動畫，讓各種電玩、模型和卡牌之類的玩物來個廣告大轟炸，平時的話我們只能望著電視流口水，不過新年春節可不一樣了，我家算是很多親戚會過來拜年，對現實的孩子而言，簡直就像是鈔票排隊自動跑過來一樣，感受到花錢的樂趣，而產生我們就是為了這天而活的感覺，這就是資本主義的毒害啊！

　　紅包從大年夜一直收到初三就差不多收完了，我和妹妹就在我們的房間將紅包全部排開，將鈔票全排在床上，數了一遍又一遍，GBA 掌機、超級任天堂主機和各種遊戲卡帶，已經在我頭上飛舞，有了鈔票，所有的一切都能夠收入囊中。

　　「正好讓媽媽來保管。」

　　正得意時，親愛的老媽走進房間，順手就收走床上的鈔票，由於事發突然，我傻愣愣在原地，差點放著老媽就這樣離開。

　　「等下，給我等一下啦！笨蛋老媽，這些全都

是我的！不可以拿走！」

下一刻，我已經抱住老媽的大腿，一面大喊。

「傻孩子！我是幫你存錢，免得你亂花，長大後你會感謝我的。」

「我才不管長大後的事，那些錢不會浪費，是拿來買遊戲卡帶和主機啦！」

「那就是浪費錢，買什麼遊戲？乖乖買參考書！」

太可怕了，竟然拿紅包錢買參考書，多麼浪費，這是只有大人才想得出來的暴行！

老媽踢著小腿想甩掉我，可是為了超級任天堂和卡帶，我死活都要抓住她的腿，絕對不能放手。

即使已經到初三了，在半夜十二點的哭號聲還是很吵人，老爸、大伯和隔壁的大叔跑過來看熱鬧，看見我抱住老媽大腿不放，忍不住哈哈大笑。

「猴死囝仔，還不趕快放開，丟臉死了！」

　　顧不得過年不打小孩的規矩，老媽一記重拳就 K 中我的腦袋瓜，可惜這一拳絲毫沒有打退我想搶回紅包錢的念頭，反而抱得更緊了。

　　後來我又哭又叫，死命抱住大腿，展現不達目的絕對不放的意志下，老媽總算同意讓我花錢買電玩了，不過主機和卡帶只能選一樣而已。

　　沒主機那我買什麼卡帶啊？

　　沒卡帶我買什麼主機啊！？

　　這波騷操作自然又引起一陣大風暴。

關於過年的紅包
被收走這件事

文：語雨

童年往事

　　經過秋季運動會的洗禮，終於到冬天了，冬天學校沒什麼活動，雖說小孩子是風之子，在冬天時也乖乖躲進教室內避寒，那時代溫室效應沒這麼嚴重，張嘴就會吐出白氣，手掌凍得沒有知覺，玩超級任天堂時手指也不怎麼靈活，要是不小心去踢到桌腳，那比踩到樂高還要痛，而冬天挨板子簡直是一種酷刑，痛上兩三天也不奇怪，於是學生也安分了很多，變得不再這麼野。

　　為了今年最後一次段考，也為了導仔年底的考績，被鞭策的我們開始努力用功，那年代國小二年級生的功課都是背誦，國文課文全背起來，歷史就是把蔣公的話全背起來，數學也是算法全背起來，理解為何算式的就交給學者，背不了就用寫的，寫一百遍就記住了，這就是填鴨式教育。

　　當段考最後科目的鐘聲響起，全班忍不住歡呼，苦難終於結束了，雖然下學期還會有苦難降臨，不過就交給下學期的自己煩惱吧。

　　段考結束就代表寒假到了，而寒假當中還包含新年。

新年！

只有過年才見得到臉孔齊聚，沒見過的表哥表姐表弟表妹一大堆，來自五湖四海，講各種話都有，不過即使不懂客家語、湖南話，只要一起玩瑪莉歐就可以增進感情，一起大笑大鬧，新年是屬於孩子的節日，其中最期待就是發紅包了，我們家族親戚爆多，自從知道怎麼花錢後，每天就期待這天，笑嘻嘻的從親戚大叔大媽手中收集紅包，已經想好去買最新 GAME BOY，用最新的遊戲連線對戰。

此時的我們渾然不知道，出來混總是要還的，等到長大後，除了包給親戚小孩以外，也要包給父母和照顧自己的長輩，每年過年時，社會人士的荷包總會大失血，年終獎金一點都不剩……

離題了，不過小孩收到紅包後，要等待的第一道難關就是母親。

「不可以浪費錢，媽媽幫你們保管好。」

「我的 GB，A 還有七龍珠熱鬥最新一代啊啊啊！」

童年往事

　　萬惡的老媽出現了，將紅包一口氣全收走，妹妹不懂花錢的樂趣，只會歪頭笑嘻嘻交給老媽，至於我只有抱著老媽的腿大聲號哭，哭到街邊的大叔都跑過來問的程度。

　　大人是不會了解，少了 GBA 就會在男生圈被排擠的事實，於是，一場紅包的申辯戰開始了，申辯戰的內容就下回再講解吧。

春節的結束
和恐懼的開始

文：語雨

童年往事

　　鞭炮聲、麻將聲和喝酒划拳喧鬧聲，其中最吵就是小孩哭聲笑聲叫聲，還有電玩通關失敗的哎號聲，這些混合在一起就是過年的聲音。

　　理所當然，過年就是孩子最野的時候，不論熬夜到多晚，打碎多少碗盤，將多少泥巴和樹葉帶入大廳，都不會被鐵拳伺候，因為過年是不罵小孩的。

　　身為長孫的媳婦，也就是我親愛的老媽最辛苦不過了，即使看見親戚小孩將垃圾丟得滿客廳都是，雖然心底恨不得用手中掃把打爆那群猴死囝仔的卡撐，仍然要帶笑容，拿起掃把和畚箕收拾善後。

　　在初二後，老媽終於可以帶著我們回娘家看看，老爸開著三十年沒換的破車，歷時四小時，一路開回隔壁縣市，回到老媽的娘家。

　　老媽老家是鄉下，好山好水的好地方，不過真的也只有山水而已，最近的商店要騎機車半個小時才能到，而且傍晚六點就休息了，小區約八十個人，附近大媽都掌握所有人的情報，並且隨時對遇到的人講述八卦，害小學生對街尾的婆媳關係一清二楚，比間諜還要可怕。

老媽身為長女，有三個妹妹加上一個弟弟，除了年紀最小的舅舅以外，三位阿姨均已結婚，都住在市區，各自又有孩子，因此老媽回娘家時就格外熱鬧，一大堆過年才見面一次的表兄弟團聚在一起，一年大概只相處幾個小時，三個阿姨發完紅包後就在傍晚撤退了，畢竟市區比較方便，而我們只能在老媽娘家裡過夜。

鄉下非常無聊，只有電視可以看，選擇權全在外公外婆，那些節目根本不適合小孩看，而老媽不准我們帶掌機回去，真是莫名其妙的獨裁，因此小學生就只能在地板上滾來滾去，或是翻翻阿姨留下來的那本已經被翻爛的漫畫小甜甜。

舅舅看我們兄妹兩攤爛泥可憐，帶到附近的池塘去釣魚，不知道什麼詛咒，我釣起來的幾乎都是烏龜，有時也會去附近竹林試膽，回家吃晚餐時，外公外婆會把我們兄妹當作肥鵝，拼命餵我們食物，吃到飽腹動彈不得後，一天就這樣結束了。

翌日，老爸開車啟程回家，回到家後，親戚也都走光了，新年——春節也就結束了，不過對小學生來說，才正要開始而已——

童年往事

　　因為寒假要結束了，而寒假作業連一個字都沒有動過！

低年級的最後學期

文：語雨

童年往事

寒假結束了。

惡童們回歸學校，小胖肚子又肥了一圈，看來過年吃得不錯。捲毛曬得黑黑的，炫耀去國外渡假，不過實際上他因為水土不服，拉了一個星期的肚子，我已經事先從老媽那邊聽說了，主婦八卦網依舊不可小覷。小Q說話依舊上下句常常沒有關聯，是不可思議系的孩子，看起來身子也拔高了五公分。

隨著鐘聲響起，導仔快步走進教室，一個月不見，仍然是一臉流氓樣，他走到講台，宣佈第一場班會開始了。

新學期開始就要選班長、總務和衛生股長之類的職務，我提議按照上學期就行了，於是受到了全體幹部中指攻擊，然後，就被推舉為風紀了……

為什麼啊！

除了我以外，全班又經過陷害、威嚇和背叛等進行了一系列「只要不是我，誰都可以」的推舉行動，最後以民主方式選定全部的班級幹部（祭品）。

幹部已經選定，導仔見時間差不多，便帶著全班到

禮堂，進行開學典禮，經過升旗、唱國歌和校長在台上
進行催眠演講等流程，小二的下學期總算開始了，回教
室後發課本，新課本難度並沒有提升很多，認識的字也
多了起來，國文課本的文章全細細看過了，並沒有閱讀
上的障礙。

開學典禮只讀半天，我和幾個小朋友半個月沒見，
結伴走出校門，嘰嘰喳喳的聊著收了多少紅包、寒假去
哪裡玩，聊得興起，當下就穿著制服跑到附近電玩店一
較高下，當然，放學後沒有立刻回家，又挨了家裡一頓
臭罵。

學校的活動多半都集中在上學期，下學期只有一項
重要活動，那就是園遊會，在第二次段考後舉辦，園遊
會就是中高年級自行舉辦賣店，多數是賣吃喝，偶爾也
見販賣圖書的攤位，舉辦當天校外人士也會參加，受邀
的多半是家長議員。

身為低年級生的好處不用舉辦賣店，還有發給我們
五張二十塊園遊卷，當天只要負責大吃大喝就好，只是
身為風紀股長的我負責巡視，不能痛快玩耍，嗚呼哀哉。

不論如何，下學期最後的活動結束後，就是心心念

念暑假到來。

不過聽說第二次暑假結束就要分班了。

咦？什麼是分班？

把同個班級打散，熟識的同學要分到其他班級去了？

低年級生的生活就這麼結束了，有機會的話，再次詳述中年級的混亂惡童生活。

回家作業

文：765334

765334

童年往事

讀小學的時候，好喜歡，寫回家作業。

不喜歡用書桌，特喜歡在餐桌上寫作業。

高高的、大大的正方形桌子，搭配著高高的木頭椅子。

首先，把桌上的東西都給清理乾淨。

再把上頭舖的桌巾給打齊，不能有任何的摺痕。

接著，依序把鉛筆盒、課本、作業簿從書包裡拿出來，依照寫作業的順序，一一排列好。

打開鉛筆盒，香水豆的味道，撲鼻而來。

心情豁然開朗。

午後，僅剩些許的夕陽，照耀在作業簿上。

或者是，偶爾搭配著雷陣雨，在轟隆隆的雷聲、劈哩啪啦的大雨中，拿著鉛筆，一筆一畫的移動著。

　　每到禮拜三，加進了珠算班的回家作業，又讓寫作業這件事，提升到更高程度的喜愛。

　　拿出深咖啡色的算盤，上面的算珠，隨著我的動作，發出恰恰恰及沙沙沙的聲響。

　　那種清脆的雜音，聽起來特別悅耳。

　　打開長方形的珠算作業簿，都還沒開始計算，就開心到心跳加速。

　　跟著數字的帶領，開始撥動算盤上的算珠。

　　上上下下，再下下上上。

　　最令人興奮的時刻，就是，每當要進位時，往前撥動前面一顆算珠時。

　　每解完一題。

　　成就感就提升一級。

就像是頭頂上，會散發出光芒。

闔上課本，壓抑住期待的內心，等待下周，老師的解答。

上了國中之後，漸漸地，開始覺得寫回家作業這件事，越來越無趣。

而最重要的原因，當然就是科目的增加。

文科頭腦的我，對於理科，真的是一點興趣都沒有。

於是，國中的理化、生物那些科目，都成了痛苦的來源。

更遑論，回到家，還要面對它們。

為了求進步，甚至於還跟著同學，一起去補習。

沒想到，卻是越補越大洞。

或許是因為，發自內心的抗拒，以至於，黑板上的

每個公式、每個數字、每個化學符號，都有如天書。

無法理解，也理解不了。

另外，數學這個科目，也不再是使用算盤那麼簡單。

一堆公式、更多的平方、難以背誦的英文。

每看一眼，就是痛苦增加一成。

好不容易，熬到了大學。

終於擺脫那些看了永遠不會懂得的亂碼。

大學的空堂，開始找回了，做回家作業的喜愛。

尤其是，最喜歡到寬廣的圖書館，借一本老師推薦的好書，慢慢閱讀。

又或者是，在安靜的圖書館，寫著日文作業。

雖然，缺少了那張正方型的餐桌。

但是，那出現在胸口的期待與喜歡，是最熟悉的感受。

一百元

文：765334

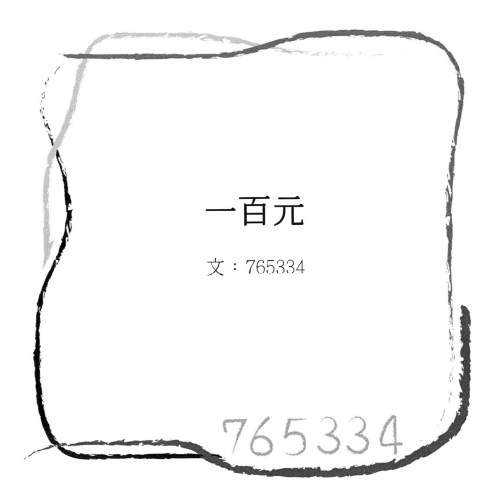

765334

童年往事

　　母親有兩位姊姊、一位大哥、一位小妹，以及一位小弟。

　　她本人排行老四。

　　母親的二姊，也就是我的二阿姨，大約在我唸幼稚園的時候，就已經離婚了。

　　這件事，在純樸的鄉間，是何等驚人的大事。

　　當時，每個月，她們姊妹們都會偷偷見面。

　　每一次，母親總是會帶上我。

　　而她們每次見面的地點，都不太相同。

　　有時侯，可能在餐廳。

　　下一次，可能又會約在路邊攤。

　　但是，不變的是，都是在很遠的外縣市。

　　很清楚地記得，母親在出發前不會先告訴我，今天的目的地。

　　每一次，都是搭了將近兩三小時的車，見到了二阿姨，我才會知道。

　　今天，是她們的約會日。

　　二阿姨每一次出現，總是穿得光鮮亮麗。

　　臉上的濃妝，完全遮住了她的實際年齡。

　　小麥色的長髮，來到她的後腰。

　　她腳下踩的，是厚底的恨天高高跟鞋。

　　顏色鮮豔的套裝，完全展露出她姣好的身材。

　　最吸引路人注目的，是吹得跟半屏山一樣高的瀏海。

　　濃厚的香水味，是她的正字記號。

　　每次她見到我，總是會開心地喊著我的名字。

　　接著，她會從她的大紅色包包裡，拿出蛇皮外表的皮夾，再從那個皮夾裡，俐落地掏出一張綠色的一百元鈔票給我。

　　那個時刻，是我最開心的享受了。

　　為了那張綠色的百元大鈔，不論我得要忍受她們聊天聊多久，都沒有關係。

　　因為，我也需要花很長的時間，慢慢地去計劃，如何運用這一百元。

　　當她們聚會結束，在回程的路上。

　　母親每次都會叮囑我，今天她們姊妹見面的事，絕對不能讓父親知道。

　　口袋裡躺著那張綠色一百元的我，不論要我保守什麼天大的祕密，都沒有問題。

其實，當時的我，著實不懂為什麼。

因為，她們聊天的內容，幾乎都是繞著二阿姨的子女們打轉。

這有何不可告人之處？

直到長大了一些，才漸漸地明瞭，二阿姨謀生的職業是什麼、她所處的環境如何，以及她所來往的人們是些什麼人。

或許，很多人無法認同她的生活方式。

但是，每個人的命運不同，需要面對的課題也都不一樣。

不需要用自己的標準，去衡量別人。

時至今日，她們姊妹們都老了，但是，依舊常常聚在一起。

　　而歲月，在二阿姨的臉上，留下非常多痕跡。

　　她從前的光彩奪人，已不復見。

　　現在再見她，也已經沒有一百元可以拿，反之，她總喜歡叫我播放，我結婚時的影片給她看。

　　她每次看，每次流眼淚。

　　我想，那眼淚，是因為她錯過了。

　　她自己的兒女們，人生所有重要時刻的遺憾。

農會

文：765334

765334

童年往事

　　隔代教養的我，從小是跟爺爺奶奶一起生活。

　　南部的小農村，沒有銀行，只有一間農會。

　　早晨七點鐘左右，農會門口就開始有人排隊。

　　當那道鐵捲門緩緩升起，那氣勢磅礡的聲響，聽得出鐵捲門有多年老。

　　等待的人們，一窩蜂地湧上前去。

　　大夥的目標一致，就是衝往櫃檯。

　　一進門，左手邊有三個櫃檯。

　　右手邊，靠牆的地方，有一張長長的木頭座椅。

　　櫃檯與木頭座椅的距離很窄，大約只有能供兩個人擦身而過的空間。

　　昏黃的燈光，照出了焦糖色的牆壁。

　　不論你是要存錢、領錢，任何的疑難雜症，都得排隊。

　　那個年代，沒有叫號機，沒有電腦。

　　排隊的方式，很特別。

　　要將身分證跟印章，放在櫃檯窗口。

　　一張身分證上疊著一只印章，并然有序的排著隊伍。

　　個子不高的我，總是得踮起好高的腳尖，才能將爺爺的證件給放好。

　　雖然說，當輪到你的時候，行員會叫名字。

　　但事實上，行員們對於眼前這些民眾，一個個都如數家珍。

　　名字對他們來說，只是一個記號。

　　真正讓他們記得的，是這一家人種西瓜、那一戶在種苦瓜、後面排隊的那一位家裡在養雞、穿著吊帶背心加雨鞋的阿伯是養豬大戶。

　　面對這些人，行員們總能貼心地，跟他們聊上幾句。

　　再過一會，行員就會陸續收到西瓜、苦瓜、雞蛋、三層肉。

　　那樣的人情溫暖，寫在每一個人的臉上。

　　純樸的農村，緊湊的人際關係。

　　當先鋒部隊的我，靜靜地看著眼前的熱鬧，靜靜地等候，爺爺的到來。

　　電動門打開，爺爺走了進來。

　　圍繞在我周圍的，都是爺爺的朋友。

　　他們開始聊起，西瓜的收成、苦瓜的價錢、今天的雞蛋漂不漂亮，昨天的豬隻狀況。

　　喝進肚裡的楊桃汁，是我當一位稱職代排的獎賞。

　　正事辦完，爺爺將他的證件及印章都交給我。

　　小心謹慎地，將那張鵝黃色的身分證給收好。

　　再將那顆，吸了過多的紅色墨水，印章軀體已經轉為深咖啡色的印章給擦乾淨之後，再輕輕地放進透明夾鏈袋裡。

　　暗黑色的電動門打開。

　　眼前的光明，好似來到了另外一個時空。

　　牽著爺爺的手，我們一起散步回家。

　　直到現在。

　　那天空的湛藍、陽光的馨香、路旁早餐店蘿蔔

糕的焦香、留在我唇齒間的楊桃汁鹹甜味，以及內
心愉悅的滿足。

一切，清晰地好似昨日。

蔥燒牛肉麵

文：765334

765334

童年往事

阿公跟阿嬤，是個非常注重三餐的長輩。

除了要按時吃飯，最重要的是，要吃得健康。

所以，小時候幾乎沒有吃外食。

從早餐開始，就是吃阿嬤準備的早點。

中午，阿公會幫我送熱騰騰的便當到學校。

晚上，也是在家裡吃阿公準備的晚餐。

而且，阿公有個不成文的規定，就是吃晚餐前，一定要先洗好澡。

因為阿公說，吃完飯再洗澡，會影響消化。

在如此規律的生活中，唯一能出現一點變化的，就是颱風天了。

除了能夠放假以外，颱風天最大的享受，就是終於可以，吃泡麵。

其實家裡都有買泡麵當存糧，只是平常根本沒有機會吃。

唯獨颱風天，家中生鮮食物不夠的時候，阿公才會拿出泡麵。

還記得，某一年夏天，有個滿大的颱風襲台。

隔壁矮房子的鐵皮屋頂，被吹得聲響大作，聽得令人膽戰心驚。

頂樓的天線，很快地就颱風給吹壞了。

幸好，沒有停電。

只是，也沒有電視能看，只好拿起漫畫來消磨時間。

午餐時間到了，阿公問我要吃什麼口味的泡麵。

也許是因為當天的情境緊張又急迫。

　　於是，我選了一個，從來沒有嚐試過的蔥燒牛肉麵。

　　看阿公動作俐落地打開泡麵、豪邁地撕開調味包，再放肆地將調味料都倒在乾淨的泡麵上。

　　接著，滾燙的熱水滑過茶壺的喉嚨，一瀉而下地淋在了黃澄澄的泡麵上。

　　蓋上紙蓋，再覆上鍋蓋。

　　等待。

　　靜靜地等待。

　　終於，時間到。

　　先拿起鍋蓋，再掀開紙蓋。

　　一陣濃郁的香氣，撲鼻而來。

　　這個香味，讓口腔開始分泌口水。

拿起筷子，奮力地將泡麵跟調味料混為一體。

不停地吞下口水，難以壓抑內心的興奮與期待。

夾起一口泡麵，直接就往嘴巴裡面送。

當那股高溫度碰觸到了喉嚨。

我當場咳了出來。

因為，也太辣了吧！

這樣的嗆辣，讓我無法再繼續第二口。

阿公看到了我狼狽，竟然笑了出來。

他問我，要不要換一種口味。

猶豫了三秒鐘，我毅然而然地拒絕！

　　每吃一口，我的眼淚跟鼻涕，就跟外頭的風雨一樣轟轟烈烈。

　　中途停下來喝了一口水，再繼續奮戰時，想不到，那辣度竟然馬上飆高。

　　接著，背後的汗也開始流下。

　　忍著這樣的痛苦，我還是不肯放棄的吃著我最愛的泡麵。

　　萬分珍惜與它相處的，分分秒秒。

桂花樹

文：765334

765334

鄉下老家，有一棵桂花樹。

每到盛開的季節，處處飄香。

桂花的香味，淡淡的、淺淺的、柔柔的。

下雨天的桂花香，會有明顯的潮濕味道。

艷陽下的桂花香，有種乾燥的清新感。

小學的時候，總是會摘一朵桂花，放在鉛筆盒裡面。

到學校之後，一打開，那淡淡的桂花香，馬上散發出來。

那個味道，比當時流行的香香豆還要香。

以至於，放學的時候，很多同學都跟著我一起回家，只為了摘一朵桂花。

在同學們如蝗蟲過境般的掃除之後，本來白花

點點的桂花樹，只剩下綠意盎然的樹葉在上頭。

有趣的是，幾天後，桂花馬上又開滿了整棵樹。

還記得，阿公把家裡養的小狗，就綁在那棵桂花樹下。

南部的午後雷陣雨，總是驚天動地般的落下。

豆大的雨滴，敲落了桂花。

一顆、一顆的白色小球，陸陸續續地打在小狗的頭上。

小狗被這突如其來的攻擊，嚇得不知所措。

東躲西閃、轉來轉去，都閃躲不了桂花的襲擊。

最後，小狗學會了妥協。

任由桂花盡情的打在牠的頭頂上。

這一齣喜劇，總會在下雨天時上演。

　　我會靜靜地，透過廚房的紗門，看著這齣默劇。

　　清晨，是桂花香氣最盛的時候。

　　每天早上的五點鐘，阿公會在後院晨跑。

　　在桂花最盛開的夏天，我會搬出小椅凳，端著一杯牛奶，在桂花香氣的陪伴下，看著阿公晨跑。

　　於是，桂花香。

　　最能引起我，想念阿公的情緒。

　　好幾年後，因為家族的土地分割問題，必須遷移那棵桂花樹。

　　家族中的長輩，阿公的小妹，也就是我的姑婆，馬上就跳出來說要承接那棵桂花樹。

　　在遷移的前兩天，特地請了假，回老家一趟。

　　拿出小時候的那張小椅凳，坐在後院，靜靜地，

看著眼前。

想起了小學的自己、阿公的身影、阿嬤煮的早點、每天早上的熱牛奶。

時代的變遷太快，快到我們沒有時間去回憶過去。

所以，當回憶來襲，總是又快又猛。

成長，就是要學會，跟很多人、事、物說再見。

這種離別，每次都會被迫剝除掉，少部分的自己。

好像必需得經歷這樣的過程，才有辦法繼續往前走去。

桂花樹，不在了。

回憶，也跟著越來越淡了。

　　但是，聞不到的桂花香，怎麼會，卻讓人更加地想念。

　　想念曾經的自己，也想念現在的自己。

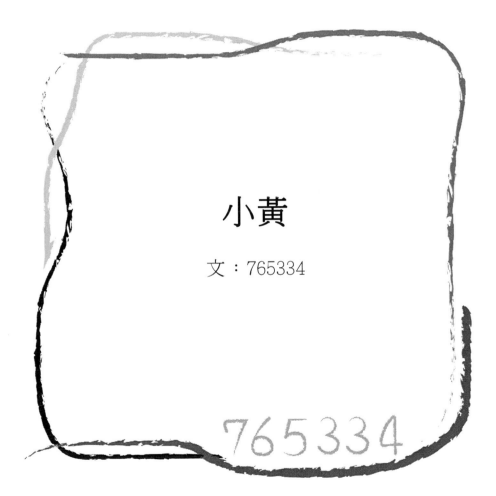

小黃

文：765334

765334

童年往事

　　那是一個，下著傾盆大雨的下午。

　　穿著雨衣的奶奶，騎著她的腳踏車，急匆匆的回到了家中。

　　手忙腳亂地幫奶奶卸下身上的裝備，沾滿泥土的雨鞋在大雨的摧殘下，更加的濕淋淋。

　　奶奶頭上的斗笠，即便進到屋內，還是不停地滴著小雨。

　　好不容易，一切都整理完畢之後，奶奶取下腳踏車前方，車籃裡的麻布袋。

　　這時，我才發現，裡頭有東西不停地動來動去。

　　輕輕地將麻布袋打開，袋子裡面，有一坨黃褐色的生物，慵懶地捲縮著。

　　「剛剛在田裡看到的，雨很大，就把牠帶回來了。」這句話，簡直讓我欣喜若狂。

　　趕緊將這隻小黃狗從麻布袋裡抱出來，牠的身

體軟綿綿的，身上的毛細細短短的，摸起來粗粗的，好有趣。

輕輕地拍拍牠，希望牠能張開眼睛看看我。

只見牠眼睛一下張開，一下又閉上。

那模樣，真是可愛極了。

結果，下一秒鐘，悲劇上場了。

這隻小黃狗，竟然吐了出來。

這突如其來的演出，嚇得我跟奶奶不知所措，只能先將小黃狗移開，不要讓牠沾到自己的嘔吐物。

「不知道是不是暈車了？」

「蛤？狗也會暈車喔？牠又不是人！」說完，我跟奶奶互視而笑。

地上那隻小黃狗，也跟著發出撒嬌的低鳴聲。

每天吃好睡好的日子，讓小黃的體型，暴風式

的成長。

才沒幾個月的時間，小黃站起來的身高，竟然已經跟我一樣高了。

每天放學，小黃總是能在我回到家之前，就已經準備好，在家門口迎接我。

首先，牠會興奮地撲向我。

接著，再尾隨我到廚房的門口。

然後，牠會安靜地坐在廚房門口外，守護我寫功課。

只要有一點點的風吹草動，小黃會立刻起身，就戰備姿勢，隨時要迎敵。

這讓以往，只有我一人看守這三樓透天厝的防備感，馬上有了安全的港灣。

寫完功課之後，小黃會跟著我一起上街。

不論我是走路或騎腳踏車，牠都緊緊跟隨在我

的右側。

　　掏出口袋裡的零錢，細數著，今天我們兩個能買什麼點心來享用。

　　返家後，跟小黃一起坐在後院的廟埕中，吹著微風，曬著夕陽，一起享受下午茶。

　　後來，隨著父母親北上的我，被迫與小黃分開。

　　還記得，在上台北的前一天，我跟小黃說，我會常常回來看牠。

　　而牠卻是不停地繞著我轉阿轉，非常不捨。

　　直到今日，我還能記起小黃的溫度，以及牠對著我笑的可愛。

童年往事

蚊香

文：765334

765334

夜半的 12 點鐘，為妳守靈的夜晚。

還在春天的南部，夏夜已經開始炎熱。

豆大的蚊子，圍繞在我身邊，陪著我一起看守妳。

不停拍打自己的聲響，劃破了黑夜的寂靜，怎麼趕都趕不走的蚊子，在我耳邊嗡嗡作響。

本來準備去休息的父親，看見了我手舞足蹈的忙碌，點了三盞蚊香，拿到了我的身邊，小心翼翼地將它們掛起。

冉冉白煙，在我四周圍升起。

這個好久不曾聞到的味道，逼著我，想起了妳。

小時候，家裡沒有冷氣，只有電風扇，和妳同床共枕的我，常常在夏天的晚上，難以入眠。

再加上蚊子的戲謔，我更是心浮氣躁，輾轉難

眠。

　　這時候的妳，總是會坐在床沿，拿著竹扇，為我搧風。

　　那有如徐徐微風吹來的涼爽，打散了刺鼻的蚊香味，帶來了許多清涼，閉上雙眼，我就能沉沉睡去。

　　抬起頭，看見妳在照片裡笑得如此可愛，忍不住就濕了眼眶。

　　吸了吸鼻子，我跟父親說：「我好久沒有聞到蚊香的味道了。」

　　父親拉了一張椅子，在我身旁坐下，沒有言語，一樣是看著照片裡的妳。

　　過了一會，父親淡淡地說：「妳阿嬤最疼妳了。」

　　是啊。

童年往事

我怎麼會不知道，阿嬤最疼的孫子就是我。

是我，跟在妳身邊好幾年。

是我，跟妳睡在同一張床上好幾年。

是我，陪著妳看八點檔好幾年。

也是我，跟著妳一起看五燈獎好多、好多年。

有句話說，樹欲靜而風不止，子欲養而親不待。

很慶幸，在妳有生之年，雖然無法時時刻刻陪伴在側，但是每每見妳，總是格外地珍惜分分秒秒相處的時光。

在妳生命的最後，妳逐漸遺忘的事情越來越多，甚至於到最後，妳已經忘了，我是誰。

雖然已經有心理準備，這一天，終將會到來，但是當下的我，內心還是失落。

好想再跟妳暢談過去的美好時光，但得到的只有，妳靦腆的傻笑。

轉過身去，擦乾眼淚，繼續與妳說說笑笑。

聊什麼已經不重要，重要的是，還能再與妳相處多一秒。

感謝我的童年有滿滿的妳，填滿了缺少父母親陪伴的生活。

這一晚，蚊香陪著我一起緬懷妳。

再怎麼想哭，也要忍住。

因為我知道，妳捨不得我的眼淚。

以前因為一點小小挫敗就很愛哭的我，妳總是跟我說：「眼淚擦一擦就沒事了。」

接著，妳會伸出妳那因為農作而粗造的雙手，用力地抹去我臉頰上的淚水。

我真的，很想妳。

童年往事

農作

文：765334

765334

　　想不到，在不知不覺的歲月流失中，父母親已經如此年邁。

　　奶奶過世之後，父親肩上的經濟重擔，瞬間少了一大半。

　　因此，這也讓他們兩夫妻開始思索著，退休後的生活。

　　在親戚的建議之下，他們決定回南部買一塊小小的農地，自耕自足的過生活，把台北的生活留給我們。

　　他們的這個決定，讓我想起了陶淵明的《歸園田居》：「種豆南山下，草盛豆苗稀。晨興理荒穢，帶月荷鋤歸。道狹草木長，夕露沾我衣。衣沾不足惜，但使願無違。」

　　雖然說陶淵明是對當下政治的不滿，而辭官隱居，但是他筆下的田園生活，卻是那麼地真真切切。

回想小時候，當時家裡有好大的一塊農地。

現在還印象深刻的是，在天還沒有完全亮的清晨，在家中吃完早餐之後，所有的農作用具，父親都已經搬上了鐵牛車。

興奮地爬上鐵牛車的後座，一路顛頗的抵達農地之後，再手忙腳亂地幫忙把東西搬下車。

一日的農作生活，就開始了。

當時不太能理解父母親在做些什麼，但是還能回憶起噴灑農藥的父親，以及用袋子包裝苦瓜的母親，看著他們兩個合作無間的默契，在一旁的我，就負責斟茶倒水，莫名其妙地忙得好快樂。

當我和母親提起那段日子，她還提醒了我：「妳那時候不是還會在那裡畫畫。」

想不到，母親的記憶比我還要好。

當時的我，會帶上一大本的圖畫紙跟一隻鉛筆加橡皮擦，還有一個陽春到不行的削鉛筆工具，坐

童年往事

在鐵牛車上，畫起眼前的風景。

就這樣畫著畫著，接著就被學校推薦去參加鄉里的寫生比賽，還很幸運的就拿了第一名回來。

或許在那個時候，就已經讓我愛上了美術。

畫到不想畫的時候，我會拿出包包裡的書，開始看起三國演義的漫畫。

那些看似無趣的日子，在當時真的過得好快樂，一枝筆一本書，好像就能帶我去環遊世界。

聊完回憶，我問母親：「你們年紀那麼大還去種田，會不會太吃力了？」

這個問題，或許只是想要母親告訴我，我們都已經成家又立業，卻讓他們兩個老人家還去耕作，是否很不孝。

母親笑著回答我：「現在做這個只是消磨時間，當作一種樂趣而已。」

這樣的回覆，讓我如釋重負。

等到這塊農地開工時，我一定要再去那裡斟茶遞水。

然後，再去畫出，眼前最美的風景。

童年往事

油雞腿飯

文：765334

童年往事

回憶與思念，是個很奇妙的東西。

它會在無聲無息中，透過視覺、聽覺及嗅覺，悄悄的出現。

那家從小吃到大的燒臘店，是我們一直習以為常的存在，小小的狹窄店面，操著廣東話口音的老闆、太晚去就買不到的鴨腿飯，這些無聊的生活小細節，都在你離開之後，變得很有意義。

服喪期間，每天中午，都會先打電話去向那間燒臘店預訂你最喜歡的油雞腿飯，頂著烈日豔陽，騎著你的摩托車，從殯儀館一路騎到燒臘店，付完錢領完便當，再一路飆回殯儀館將熱騰騰的便當放到你的面前，深怕有一點延誤會讓便當冷掉，失去了原本的美味。

拉了一張椅子，靜靜的看著你的照片，想像你吃得心滿意足的模樣，這樣的開心，卻讓我紅了眼眶。

回到車上，打開和你一樣的油雞腿飯，大口大口的吃了起來，不知不覺中，發現這頓飯，和著好多鹹鹹的眼淚。

怎麼會，這麼想你。

小時候，你知道我們最喜歡吃布丁，你總是會在下班的途中，去買一排三個的布丁回家，每當聽見你開門的聲音，我們三個就會放下手邊所有的玩樂，狂奔到大門口，等你一開門，我們會興奮地搶過你手中的食物，再狂奔回到沙發，急匆匆打開塑膠袋，然後小心翼翼的將布丁取出。

你就坐在我們旁邊，看著我們開心地吃著布丁，邊吃邊跟你分享今天學校發生的所有。

從前，你會買我們喜歡吃的食物給我們。

現在，換我們買你最喜歡吃的油雞腿飯給你。

本來對於這間燒臘店沒有特別感情的我，卻突然，深深地愛上了這家簡樸的燒臘店。

自從你離開之後，每回返鄉，都一定會風雨無阻的到這間燒臘店買午餐。

這樣的舉動，已經成為我們三個之間的默契，不用開口問，就知道今天午餐要吃什麼。

通常都是她直接問：一樣三個油雞腿飯嗎？

然後，我們兩個就會異口同聲的回答：好。

接著，就會聽見她打電話去訂便當的聲音。

也不知道為什麼，每次吃這間的油雞腿飯的時候，就會特別的聊起你。

從一開始的哀傷，到現在的倘開心胸，開懷大笑的說著你。

這一路走來，花了很多的時間去釋懷，也花了很多的精力去接受你離開的事實。

即便你已不在我們身邊，但我們都相信，你會陪著我們一起吃每一個油雞腿飯。

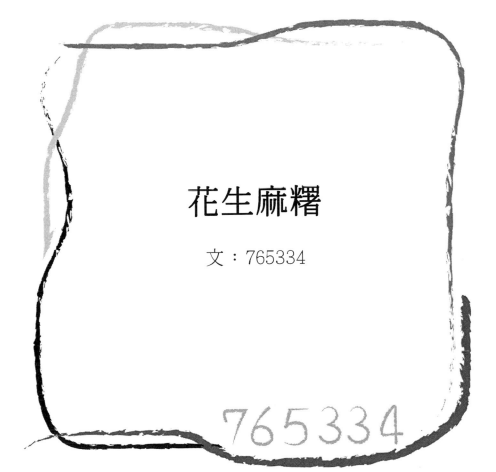

花生麻糬

文：765334

765334

童年往事

　　還記得小時候，每天都會有人挑著扁擔，用步行的方式穿梭在巷弄之中，叫賣著商品，他們賣的東西琳琅滿目，從生鮮食品到點心小吃都有。

　　在這些流動攤販之中，我最喜歡吃的，就是麻糬。

　　還記得，那是每個禮拜三的下午，當時小學只上半天課，下課後回到家，在吃完午餐，睡完午覺之後，就接著去上書法課，書法課結束後，我總是急急忙忙地，三步併兩步的跑回家，只因為，我最喜歡的麻糬，差不多會在下午四點鐘的時候，經過家門口。

　　每次狂奔回到家，補習班的袋子都還沒放好，就直奔阿公家門口去等麻糬到來。

　　當我遠遠的看見，那位老阿伯的身影出現在巷口，隨著他緩慢腳步的逼近，我的興奮，越來越強烈。

　　他應該是習慣了我每周的等候，所以當他走到阿公家門口，他會緩緩地放下肩頭的扁擔，彎著腰，開始捏起麻糬。

看著他充滿歲月痕跡的雙手，熟練的包著麻糬，那一舉一動，都看得我目不轉睛。

三顆花生口味的麻糬，很快地就被包好，再整齊地放進透明的小袋子裡。

接過那一袋麻糬之後，阿公會跟在我身後幫我付錢，老阿伯在整理行裝的同時，阿公會跟他閒話家常，聊聊最近農作的收成、某某人家小孩的狀況等話題。

當老阿伯要離開時，他那張滿是皺紋的臉，會給我一個最誠懇的可愛微笑，然後我會用力揮手，目送他離開，在心裡面期待著下周三再見。

緊抓著手裡拿的那三顆麻糬，那是我最珍貴的寶物，誰都不能奪走。

回到屋裡，先到冰箱拿一瓶養樂多，再回到客廳，打開電視，享受一個人的逍遙自在。

後來跟著父母親北漂之後，就很難再與老阿伯有每周三之約，直到某一年的暑假，我被母親託給阿公照顧，到了我最期待的禮拜三，卻發現，等不

到老阿伯的身影。

　　阿公這時才告訴我，老阿伯已經過世了，他的小孩沒有人願意繼承他這門手藝，於是他的麻糬，就成了大家最感概的回憶。

　　這個消息，對當時的我來說，簡直有如晴天霹靂。

　　時隔那麼多年，再怎麼尋尋覓覓，都找不到那樣紮實的 Q 嫩手工外皮、輾得粉碎的花生內餡，重點是吃完之後不會黏牙，以及一顆只要三塊錢的美好。

紅毛仔

文：765334

765334

童年往事

　　因為工作的關係，看過無數張死亡證明書，那是一張 A4 的藍色紙張，格式是固定的，包含了基本資料以及死亡方式等等。

　　每每從家屬手中接過那張死亡證明書，那驟然失去所有一切的絕望，都寫在了他們的臉上。

　　已成事實的文字是靜態而且沒有感情的，但是活著的人，臉上的表情，悲傷的很動態。

　　從前面對那一切，會有一層淡淡的哀傷浮現在自己心中，直到我看見了妳的死亡證明書之後，才真正明瞭，那張紙的重量，遠比任何悲傷都還要沉重。

　　現在，我終於，能對那些家屬們，感同身受。

　　仔仔細細的從妳的姓名、身分證字號、出生年月日等基本資料，一個字、一個字的，慢慢地看過一遍，那是最後，能感受到妳的存在的證明。

　　想起不識字的妳，以前只要郵差一投信，妳便會馬上拿給我看，要我看看是什麼信件，接著我會坐在阿公的大涼椅上，聽著頭頂上的大風扇唰唰唰

的轉動，看過一封又一封的信，一一向妳解說都是
些什麼內容。

　　閱讀完信件之後，妳會從大信封到小信封依序
排列整齊之後，放到阿公的辦公桌上，等他回家再
處理，然後妳會帶領我到廚房，打開冰箱，拿出一
罐白色鋁箔包的楊桃汁，當作是我翻譯的犒賞。

　　當時的我，無法理解，為何完全不識字的妳，
卻能說得一口流利的日文，妳告訴我，日文不用學，
因為從小就是說日文長大的，自然而然就會聽也會
說，這個用環境來學習語言的觀點，我深深的收藏
在心裡，一直到讀大學找打工的工作時，特意選擇
到外國人最多的天母去工作，果真讓我的英文聽說
能力瞬間突飛猛進。

　　後來跟妳說了這件事，還跟妳聊了我們那裡有
來自世界各國的外籍人士，但是，對妳來說，外國
人就只有美國人，妳無法理解英國人、加拿大人、
法國人是什麼意思，而且妳總是喜歡統稱這些美國
人為「紅毛仔」，當時我還跟妳爭論，他們不是紅色
頭髮，他們有金色頭髮、咖啡色頭髮，也有黑色頭
髮，說到最後，妳依舊無法理解，然後我們就一起

笑了出來。

　　看著死亡證明上的妳，就要奪眶而出的眼淚，被這段有趣的回憶給打斷了，抬頭仰望天空，沒有一片雲朵，只有一大片的湛藍，希望妳現在到了彼岸的那一端，能夠遇到各式各樣的歐美人士，更希望妳能夠理解，他們真的不是全部都頂著一頭紅色頭髮。

速可達

文：765334

　　南部老家有個鐵皮搭起的倉庫，裡頭塞了許多荒廢的物品，已經有好長一段時間沒有整理。

　　今年阿嬤離世，為了省去南北奔波的疲累，特意請了好幾天的假，好好地送阿嬤最後一程。

　　喪禮結束之後，心情還是很躁動，似乎怎麼樣都無法平復，這樣閒不下來的情緒，讓我跟二哥兩個人，動起了那荒廢倉庫的歪腦筋。

　　或許是因為，我跟二哥都是隔代教養的孩子，阿嬤對我們來說，猶如第二個母親，所以，我們兩個，不用言語，似乎都能懂彼此現下的心情。

　　荒廢的倉庫裡，最吸引我們兩個注目的，就是那台白色的速可達摩托車。

　　好久不見的它，已經從我們本來認知的白色，搖身一變成為鵝黃色。

　　它身上布滿的灰塵，訴說著它的沉默，其實它一直在那裡，只是我們從未有人想起。

　　迫不及待地，我們將它給拖出倉庫，再細心地

將它給梳洗一番，看似煥然一新的它，卻再也回不去往日的雪白，母親看見了它重現往日的風采，也笑得合不攏嘴。

這台速可達，充滿了太多、太多的回憶。

從小胃腸就不好的我，一天到晚都在看醫生。

還記得，每次出發去診所，總是父親騎著這台白色速可達，母親坐在後座，而我就站在前面。

站在前方的我，喜歡風的吹拂，喜歡欣賞沿路的每一個風景。

沉浸在回憶裡的我，突然被二哥提醒：「阿妳以前去看醫生不是都會帶狗去。」說完，我就哈哈大笑出來。

是啊，害怕看醫生的我，每次出發去診所，我都會帶上家裡那隻小小狗，有牠的陪伴，總是能消弭我許多的不安。

「有一次回來，那隻狗不是還暈車。」這個提

醒，讓我笑到眼淚直流。

這隻小小狗，是阿嬤撿回來的流浪狗，被阿嬤帶回來的當天，就因為車程顛頗而暈車。

有一次我們帶牠出門，我將牠放在摩托車前方的腳踏板上，回到家之後，牠竟然吐了一整地，從那時起，我們就正式認定，牠是一隻會暈車的狗。

再次見到速可達的這一天，天空很藍，太陽很大，氣溫很高，沒有下雨，非常乾燥。

大家輪流坐上駕駛座及後座，唯獨我，只想占用前面腳踏板的位置，那是專屬於我的寶座，誰也無法與我爭奪。

回憶的弔詭之處在於，回憶不會不見，也不會被消滅，它只是被放在某一個角落，當你想起的時候，一切都彷如昨日，歷歷在目。

土窯雞

文：765334

　　南部的老家，是一間三層樓的透天厝。

　　中間隔了一個車庫，車庫的旁邊，有一間一層樓的矮房子，那裡便是阿公的家。

　　而在透天厝的另一邊，遺留著前一次改建時未拆除的歷史。

　　最前端是以前阿祖養豬的豬舍，再往後走，是阿公以前當村長時的辦公室，那間小小的辦公室，天花板蓋得非常低，最特別的是，那是一間土窯厝。

　　這間辦公室沒有任何的鋼筋及水泥，只有黃褐色的外牆，這個外牆，是由一塊一塊不太規則的土窯所建造。

　　從我小時候有印象起，那間土窯厝就屹立不搖的站在那裡，歷經十幾年的風吹日曬雨淋，它依舊不為所動。

　　有一天，父親跟大伯一大早就在研究那間房子，研究了好一陣子之後，他們兩個告訴我們，這些土窯可以拿來做土窯雞，聽到這個消息，我們幾個小朋友興奮極了！

　　接下來，父親開始分派工作給我們，有人負責去採買控土窯雞的工具、有人跟著他們兩個去挖土窯，而年紀最小的我，被分派到與母親一同去菜市場採買。

　　早上的菜市場，熱鬧非凡，牽著母親的手，穿越重重人牆，我們到了母親熟識的那家雞肉攤販，母親跟老闆聊著，我們待會要控土窯雞的事，安靜聽著的我，越聽越期待。

　　回到家之後，我急急忙忙地奔向那間辦公室，看見大伯、父親及表哥共三人，汗流浹背的挖著土窯，我都還來不及欣賞他們的英姿，就被母親呼喊去廚房當小幫手。

　　認真聽從母親的指示，我小心翼翼地加著調味料，胡椒粉、鹽巴、糖每一個品項都不能搞錯，醬料完成之後，我們開始幫赤裸裸的土雞們上色，大功告成後，再把他們這些土雞都放進冰箱。

　　到了下午，真正開始控土窯雞的重頭戲。

　　看著家族裡的男性長輩們努力地劈柴及生火，待土窯燒熱之後，再把醃製入味的土雞們通通埋進

土窯裡，在等待悶熟的時間，我們幾個小朋友等不及就先開了可樂、蘋果西打，大口大口地喝了起來。

終於，土窯雞熟透了，一打開鋁箔紙，香氣撲鼻而來，本來已經喝飲料喝到飽的我，那個香味，卻還是令我感到飢腸轆轆。

接過母親給我的那隻雞腿，咬下一口，滾燙的雞汁燙得我面目猙獰，大家看見我這般糗樣，都笑得合不攏嘴。

那個下午，齊聚的大家搭配著黃昏，美好地令人好感動。

鱔魚麵

文：765334

765334

童 年 往 事

味覺，原來是一種如此深刻的記憶。

阿嬤的靈堂前，母親與大伯母，兩人在討論著供飯的事。

許久之後，發現她們二人依舊沒有結論，於是，最終的答案就是：早餐吃包子，午餐買便當。

晚餐則是依葬儀社的吩咐，不用另外供飯，因為葬儀社的人員說，中午供飯的時候就要跟阿嬤說，請她吃完午餐就可以去睡覺了。

聽到如此另類的教法，我們都笑了出來。

當天中午，在大伯母去買便當之前，父親無意間開口問了大家：「媽媽喜歡吃什麼？」我立刻接話：「鱔魚麵，湯的。」

這時，所有人的目光都轉到了我身上，突然間，一股驕傲的盛氣，讓我忍不住抬頭挺胸，回望眼前的所有人。

大伯父笑著說：：「沒有枉費阿嬤這麼疼妳耶！」緊接而來的大家的笑聲，是對這句話的肯定。

從小跟阿嬤生活了那麼多年，她喜歡吃什麼東西，我再清楚不過。

跟阿嬤之間這樣的默契，在這個時刻，讓我深受感動。

過不了多久，大伯母買鱔魚麵回來了。

我也順便請她帶一份炒的鱔魚麵給我，當我打開那熱騰騰的便當盒，熟悉的醋酸味直衝我的腦門，這樣的衝擊，在瞬間，就讓我紅了眼眶。

端著那一盒鱔魚麵，我獨自一人往廚房走去。

遠離眾人之後，坐在餐桌前，我緩緩地再將那盒鱔魚麵給打開。

眼淚，在此時，怎麼樣都忍不了了。

猶如綠豆大小的淚珠，止不住地不停往鱔魚麵

童年往事

墜落。

小學的時候，偶爾阿嬤沒有下廚，她就會去買鱔魚麵。

阿嬤喜歡吃湯的，我喜歡吃炒的。

對當時的我來說，中午能夠吃上外食，是一件非常高級的享受。

看著我的狼吞虎嚥，阿嬤總是會舀一碗她的湯給我，那濃稠的湯汁裡，還有許多塊鱔魚在裡頭，總是不跟阿嬤客氣的我，大口大口舀了就吃。

已經好久好久，沒有聞到這個熟悉的酸醋味。

這個回憶來得太突然也太衝擊，我完全沒有心理準備。

過了好一會，平復好心情之後，擦乾淚水，我將鱔魚一塊塊挑起，再端起那盒便當往阿嬤的靈堂

走去。

　接著，我將那一碗挑起的鱔魚，全部倒到阿嬤的鱔魚湯麵裡。

　拉來一張椅子，坐在阿嬤面前，我邊吃，邊在心裡面跟阿嬤聊天。

　千言萬語，其實也就只想跟她說一句：阿嬤，我真的很想妳。

童年往事

指甲油

文：765334

765334

原本一直習慣的美甲師,因為決定在家帶孩子,而暫離職場,她的這項決定,對我來說,簡直是天大的打擊,因為,與她相識這麼多年,已經對她有了一種強烈的依賴感。

始終沒有動力另外找尋美甲師的我,近來指甲邊緣不斷繁衍的死皮組織,讓我不得不採取行動。

網路搜尋了好幾間美甲店之後,發現要能預約到評價不錯、近期內平日晚上及假日有預約時段的美甲店,真是難上加難。

憑藉著印象,記得住家附近的某個巷弄間,有間不起眼的美甲店,每回經過,店內總是有客人。

當天傍晚,買完晚餐之後,順道繞路過去看,發現店家有營業,而且沒有客人,於是我鼓起勇氣,去開了店家的門。

一經詢問,剛好美甲師有空檔,我立刻將鞋脫了就走進去。

這是一間非常迷你的美甲店,老闆娘是一位親切的越南大姐,店裡的空間看起來雖然壅擠,但是

客人該有的位置，還是有的。

　　初來乍到的我，很保守地選擇了先做修腳的服務，老闆娘說修完之後可以上指甲油，讓我自己選擇顏色。

　　接著，她拿出了一大盤五顏六色的指甲油，放到我的腿上，請我慢慢挑選，眼前的這些五彩繽紛，我選得開心極了！

　　這讓我回想起，母親有位從事美髮業的好朋友，小時候母親常常帶我到她店裡玩耍，在她店裡，他們總是放任我自由活動，想玩什麼都可以。

　　而我最喜歡的，就是推車上成堆的指甲油！

　　每一次去，我都一定要精心挑選一瓶喜歡的顏色，先是細心地幫自己的十支手指頭上色之後，再假裝很專業地幫母親的指甲們也上色。

　　每當美髮店阿姨有買新的指甲油時，她總是會第一時間告訴我，讓我成為第一個使用者，那種將

新品拿在手上的成就感，可以讓我開心好幾天。

小時候的我，真是愛死了當美甲師這個遊戲！

想不到時隔好幾年的今天，竟然讓我重回當美甲師這個職業，真是令人太開心了！

我不停地的在這一大盤小瓶子裡翻找，那熟悉地玻璃互相碰撞的聲音，讓我止不住臉上及內心的微笑。

當年美髮店裡，洗髮精的泡沫、燙髮藥水的味道、定型液的噴霧聲、三姑六婆們聒噪的聊天聲音、沖洗頭髮的強力水柱聲，通通都再次出現在我的面前。

國家圖書館出版品預行編目資料

童年往事／語雨、765334　合著—初版—
臺中市：天空數位圖書　2022.08
面：14.8*21 公分
ISBN：978-626-7161-08-1（平裝）
863.55　　　　　　　　　　　111012824

書　　　名：童年往事
發 行 人：蔡輝振
出 版 者：天空數位圖書有限公司
作　　　者：語雨、765334
編輯公司：亦臻有限公司
製作公司：廣緣有限公司
美工設計：設計組
版面編輯：採編組
出版日期：2022 年 8 月（初版）
銀行名稱：合作金庫銀行南台中分行
銀行帳戶：天空數位圖書有限公司
銀行帳號：006—1070717811498
郵政帳戶：天空數位圖書有限公司
劃撥帳號：22670142
定　　　價：新台幣 290 元整
電子書發明專利第　Ⅰ 306564　號

天空家族
Family Sky
集團企業
Conglomerate

服務項目：個人著作、學位論文、學報期刊等出版印刷及DVD製作
影片拍攝、網站建置與代管、系統資料庫設計、個人企業形象包裝與行銷
影音教學與技能檢定系統建置、多媒體設計、電子書製作及客製化等
TEL　：(04)22623893　　　　MOB：0900602919
FAX　：(04)22623863
E-mail：familysky@familysky.com.tw
Https ://www.familysky.com.tw/
地　址：台中市南區忠明南路 787 號 30 樓國王大樓
No.787-30, Zhongming S. Rd., South District, Taichung City 402, Taiwan (R.O.C.)